JN124281

女神の棲む家

コーポラティブハウスの勧め

都倉みゆき
Tokura Miyuki

風詠社

目次

最悪なマンションライフ（1994） 7
エレベーターが動かない 7
阪神淡路大震災（1995） 10
オウム真理教（1995） 12
水道水にボウフラが（1995・6月） 14
3女生まれる（1996） 16
ママ友（1997） 17
突然死（1999） 18
美容室（2000） 23

立ち退き（2002） 28
1回目の交渉 29
2回目の交渉 30
第一回集会 31
3回目の交渉 32
4回目の交渉 34
最難関クエスト 35
攻略成功 38

戦闘開始 …… 39

第二回集会 39
5回目の交渉 41
隣地が更地に（2003） 42
6回目の交渉 43
女神降臨 44
第一回管理組合法人集会 45
設計士を探す 47
悪魔の虚勢 49
市内ツアー 53
弁護士 55

安く建てる …… 57

建設会社入札（2004） 58
もっと安く 60
第二回管理組合集会 61
可愛いおばあちゃん 62
頑固なおじいちゃん 63
建設会社決定—さらに値切る 64

補償金をもっと …… 67

アスベスト 67
姉歯事件 68

お部屋作り …… 70
楽しいルーム設計 70　基地局アンテナ 73
損して得取る 71
完成（2006・1月） …… 75
解体工事 76
あとがき …… 78

女神の棲む家

コーポラティブハウスの勧め

最悪なマンションライフ（1994）

「うるさい！　泣かすな！」エレベーターから降りて数歩。声のする方を見上げたが誰もいない。

「子供のいる家はみんな追い出されたんよ」

分譲マンションなのに？

引っ越してきて1週間、挨拶を交わす程度の顔見知りもでき、新しい環境に適応しづらいダウン症の長女愛もやっとおもらしをしなくなった矢先。

怒鳴り声におびえた愛は、またしばらくおもらしをすることとなる。

泣いていたのは愛ではなく次女の加奈。体は小さいが声は人一倍大きい。

エレベーターが動かない

今日は愛を児童相談所の検診に連れていく日だ。

外はみぞれ交じりの雨。
予約したタクシーから到着の電話が入った。
雪だるまのようにコロコロに着込んだ愛の手を引きエレベーターに急いだ。
エレベーターを降りたらタクシーはすぐ目の前。
ところが予期せぬ事態が。
エレベーターが止まったまま。表示ランプも消えている。
愛は4歳になるが階段の上り下りはまだできない。
非常階段は屋根が無いので少し離れた建物内の階段を使うことにした。
角を曲がって踊り場まで行くとそこに現れた光景に立ち止まるしかなかった。
一面の蜘蛛の巣。大きな砂袋が5〜6個階段を占領している。
口の開いた袋から土がこぼれ、猫の糞があちこちに転がっている。
枯れた植木鉢や割れたプランター、綿がはみ出したドロドロの布団や毛布。
どうしよう、下りられるだろうか。
体重15キロの愛はしがみつくことを知らない。
愛を抱っこすれば手すりにつかまる事もできない。

しかし、診療の予約時間に遅れるわけにはいかない。
意を決して悪臭の漂う踊り場に足を踏み入れた。
手前のクモの巣を払い、愛を抱きかかえ、足元を見ながら一歩ずつ階段を下りた。
幸いにも他の階はティッシュやたばこの吸い殻だけだった。
このマンション、管理人はいないのだろうか。
2時間後、心配していたエレベーターは何事もなく動いていた。
帰宅後管理費を振り込んだ先に電話をかけた。
「掃除はしてもらえないんですか？」
「滞納してる人が多くて、エレベーターの電気代を払うのがやっとなんですよ」
購入の際よく調べなかった自分のミスだ。
このマンション大丈夫だろうか・・・
早くお金を貯めて一戸建てに引っ越さなくては。

阪神淡路大震災（1995）

以前住んでた賃貸マンションより多少ましだが、冬の朝は玄関からの冷たい隙間風に目が覚める。

5時には起きてキッチンの暖房にスイッチを入れ、コーヒーを飲みながら新聞の折り込みチラシをチェックする。

その日もいつものようにファンヒーターのスイッチを入れ

洗濯機を回し、炊飯器のスイッチを入れ朝食の下ごしらえをし

子供たちを起こすまでの平和なひと時を過ごしていた。

突然ドスンと突き落とされた様な感覚の後部屋全体が大きく揺れ出した。

目の前の食器棚がテーブルの上にゆっくり倒れてきた。

1月17日午前5時47分阪神淡路大震災

思考が停止する瞬間って本当にあるのだと初めて知った。

早く子供たちのところに行かなければと焦るが倒れた家具や散乱したガラス、割れた食器、棚から落ちてきた鍋などが行く手を阻む。

手にスリッパを履き、ガラスの破片が散乱したテーブルの下を潜り抜けてなんとか子供たちの寝ている部屋にたどり着いた。

子供たちの上にパパが覆いかぶさり、その背中にテレビがひっくり返っていた。

「大丈夫⁉」

「見てないでどけてくれよ・・・」

子供たちは何事もなかったかのように寝息を立てて熟睡している。

「布団を敷く向きを変えんとあかんな」

北枕になるけどしょうがない。命の方が大事だ。

幸い私の傷も、パパの背中の打ち身もたいしたことはなかった。

何より子供たちが無事だったのはパパの大手柄だ。

粉々になった食器はほとんど、１００均で買ったものだった。

食器棚の扉はガラスだけ交換してもらい被害総額は1万円以内で済んだ。

やっと我が家の片付けが終わってベランダから外を眺めると、民家の屋根を覆ったブルーシートが大きな川のように遥か遠くまで続いている。

後にこの辺りは活断層の真上であることを知った。

外を歩く人の姿はない。

消防車や救急車のサイレンがあちらこちらから聞こえてくる。

テレビから流れる被災地の映像が子供の頃に読んだ広島の原爆をテーマにした漫画の絵とシンクロする。

幸い最も被害の大きかった中心部に住んでいる親戚や知人はいなかったが、電話が不通になっていたため、安否確認ができたのは数日後だった。

オウム真理教（1995）

そんなある日、折しもテレビのニュースはオウム真理教の上九一色村強制捜査突入。
チャイムが鳴り、玄関を開けると見上げる程の背の高い厳つい男が4人
思わず戸を閉めようとすると、さっと戸を抑え警察手帳を差し出した。
左後方を指し
「そこの部屋の方ご存知ですか？」
「ああ、警察。強盗や思った」

「凶悪犯相手の仕事なんですみません」

刑事が指さした部屋の住人とは新聞の勧誘に来た以外ほとんど交流はなかった。

職業や人柄、家族など訊かれるままに答え最後に
「2か月ほど前だったか・・・」

後ろにいた3人が身を乗り出してメモをとりだした。

「大きな台車にテレビと・・・、ラジカセ、衣装ケース、他には・・」

引っ越しほどの荷物でもないし、大型ゴミかな？

でもテレビはまだ新しそうだし、夜逃げ？

まさかね、きっと離婚に違いない！

密かに想像をめぐらし楽しんでいたのだ。

「キッチンの窓に洗剤や鍋がずっと置いたままやったけど、それ以後一度も見かけません。

何かあったんですか？」

しきりにペンを動かしている刑事さんに、教えてくれるわけないと思いつつ聞いてみた。

「あっ、もしかしてオウムですか？」

すると意外にも

「そうです、ご近所で親しくされていた方とか怪しい客とか・・・」

「すみません・・・引っ越してきて間が無いので・・・」

マンションと言うよりは長屋に近い個人的には好みの住環境だ。

事件後しばらくは通路でご近所さんと会うたびに井戸端会議が始まった。

お陰で怖いおじさんの正体や他の住人の職業や家族構成、不倫や自殺等多くの情報を得る事ができた。

個人情報保護法が世に出る前の話だ。

水道水にボウフラが（1995・6月）

隙間風も気にならなくなり、初めての春が来た。
薬を飲もうとグラスに注いだ水がなんとなく濁っているように見える。
窓の光にかざすと透明なはずの水がうっすら緑色
グラスを近づけてよく見るとふわふわ浮かぶ藻のようなものの中に何やら黒い繊維の様な物。

まだ口をつけてはいなかったが、今まで知らずに飲んでいたと思うと強烈な吐き気に襲われた。

おもちゃ箱から虫眼鏡を持ってきてよく見ると黒い繊維状の物体がクネクネ動いている。

ボウフラ・・・？

生水を飲むことはほとんどないが、例え沸騰させたとしてももう飲めない。

料理にだってこんな水は使えないし、食器洗いにも使えない。

顔を洗うのも、お風呂に入るのも、洗濯さえも考えられない。

水道屋さんを呼んでキッチンに大型の浄水器を付けてもらった。

若い元気な水道屋さんで、「ちょっと上見てきますね」

そう言ってまだお金も払ってないのに外に出て行った。

しばらくして戻ってくると
「屋上の水槽の蓋がどこかに飛んで行ってありませんよ」

「鳥の糞やゴミも入り放題ですし、中は藻だらけです。管理会社に言って掃除してもらったほうがいいですよ」

管理会社・・・電気代を払うのがやっとなのに掃除なんて

ダメ元で水道屋さんに言われたままを伝えた。

数日後、「高架水槽洗浄」のお知らせが入り、水は透明になった。

3女生まれる（1996）

かなりの高齢出産ではあったが、どうしても男の子が欲しいというパパの願いをかなえてあげたかった。

そして、愛と加奈の為にもう一人家族を増やしてあげたかった。

8か月で重度の妊娠中毒症となり入院を勧められたが愛を置いて入院はできない。

絶対安静、食事制限。

元々全身筋肉の塊だった体はみるみる脂肪と浮腫の塊に変貌した。

体重は45kgから75kgに増え、出産後も安静はしばらく続いた。

ダウン症の愛と年子の加奈、生後3か月の莉奈、3人を同時に受け入れてくれる保育園がやっと見つかった。

莉奈に手がかかり、愛と遊んであげる時間が少なくなってしまった。

「愛を守ってね」という私の言葉を受け止め加奈は逞しいナイトぶりを発揮していた。

莉奈が歩くようになった頃、ずっと空室だったお隣に若い夫婦が引っ越してきた。

イケメンの旦那さんと可愛い奥さん。そして1歳のシャイな女の子結衣ちゃん。

このマンションに初めてのママ友さんができた。あちらは30代の私を「ママ友」とは思っていないだろうけどまあいい。

アレルギーのこと、夜泣き、トイレの躾、話題は尽きなかった。現在のようにインターネットで知識を得られる時代ではない。

お隣さん以外は障碍児を育てているパワフルなママとのお付き合いがほとんどだ。

後に「お母さんが出来たみたいで心強かった」と言われちょっとショックだった。

ママ友（1997）

突然死（1999）

早朝に救急車のサイレン。

消防署と警察署が近く、救急病院も2件あるのでサイレンは日常茶飯事だ。

マンションのすぐ下で音がピタッと止んだ。

ご近所公認の野次馬おばさんは大急ぎで着替えて玄関から飛び出した。

お隣の奥さんが泣きながら担架に縋り付いている。すぐに事態は把握できた。

ただ茫然と見送るだけで、言葉をかけることもできなかった。

翌日警察官が聞き込みに来た。

質問の内容は虐待を疑うありきたりの質問だったが

「絶対にありません！」と言うと

「病院以外で亡くなった場合はこれが決まりなんで」と申し訳なさそうに頭を下げ帰っていった。

お葬式も終わり、静かな日常が戻ってきたかに見えたある日。

いつもは結衣ちゃんを連れて遊びに来るのに玄関から入ってきたのは奥さんだけ。

「結衣ちゃんは？　お昼寝？」

黙ってキッチンの椅子に腰かけ私の動きを目で追っていた。

何も気づかぬふりをしていつもと同じ調子で
「これね、めっちゃおいしいよ、あとで結衣ちゃんと食べて！」

「加奈にねピアノを習わせようと思って、後で怒られんように中川さんにピアノを買おうと思うってゆうたんやわ、そしたら何てゆうたと思う？　追い出されたなかったら買わんとけって。ほんま、ありえへん」

「なんだか私ばっかりしゃべってるね、どうしたん？」

「あの・・・」

何から話していいか考えている様子だ。しばらく黙っていると急に泣き出して
「結衣がね、サイレンの音を聞くたびに夜中でも突然起きて泣き出すねん」

「ここ、救急車多いし、パパも引っ越した方がいいって」

「うん・・」

「ここを買った不動産屋に出来るだけ早く引っ越したいってお願いしてるんやけど、買う家はもう決まったのに、売るのは難しい言われて」

「そう・・・」

生後間もない赤ちゃんが原因不明の突然死じゃ、売るのは難しいだろう。

かわいそうだけどこればかりはどうしようもない。

しばらくテーブルの上をじっと見ていたが
「それでね、中原さん」

「ん？　何？」

「1000万でええし、買ってくれへんやろか？・・・」

以前愛に机を買ってやりたいけど置く場所が無いと話したのを覚えていたようだ。

うちが買ったのが1480万、僅か4年で1000万でも売れなくなってしまったのだ。

出来ればここを売って一戸建ての店舗付き住宅を買いたかったが、ここを買った時の住宅ローンがまだ800万も残っていた。

「1日だけ待ってくれる？　ローン通るか聞いてみる」

すぐに断るのはあまりに理不尽なので、気休めの一言だった。

翌日銀行の営業さんに電話を掛けたらすぐに来てくれた。

はじめはわずか1ヵ月1万円の積立の集金に来るだけのお付き合いだった。

来るたびにキッチンでコーヒーを飲みながら経済や政治の話、まだ一般的ではなかったインターネット関連事業の話などで盛り上がった。

暇つぶしの見返りに保険や積立に入ってあげて、取引は少しずつ増えていた。

「実は手狭になったんで、もう一室買いたいけど無理やんね・・・？」

お隣の事情も簡単に説明した。ダメ元で言ってみたのに意外にも
「いいんじゃないですか？　二つを担保にすれば借りられますよ。お隣は借金しても買えって言うじゃないですか」

ちょっと意味が違う気もしたが、女神は見ていたのかもしれない。

頭の中で電卓をはじきながら、銀行員の説明を聞いた。

なるほど、住宅ローンじゃなくて事業性資金の借り入れにすればいいのか・・・

「急いでるし、すぐに手続きしてくれる？」

「承知しました、明日店の方にハンコと印鑑証明、通帳を持ってきてください」

翌月、唯一人の「ママ友」は遠くに引っ越してしまった。

1部屋はクローゼット、ダイニングキッチンは加奈がお友達を連れてこられるように子供部屋にした。

何回か遊びに来ていたお友達が突然ぱったり来なくなった、

「お友達来ないの？」

「りかちゃんが、この部屋霊がいる言うたからみんな入るのいややて」

「赤ちゃんが死んだって言ったんでしょ」

「ゆうたらあかんの？　ほんまのことやん」

「加奈は霊見たことある？」

「無い」

「ママも、パパもないよ」

「霊はみんなが楽しそうやったから一緒に遊びたかったんちがう？」

加奈はその後も愛と二人でその部屋で遊んでいた。

何処かで私に頼めば買ってくれるという話が広がったのか、翌年もう1室買う羽目になってしまった。

今度は最初から賃貸物件として購入した。

購入後すぐに入居者は決った。

90歳の老夫婦。震災後神戸の仮設住宅に住んでいたが健康上の理由でずっと住むところを探していたようだ。

しかし、90歳の夫婦に家を貸す人はいない。

足の悪いご主人と寝たきりに近い未入籍の奥さん。

病院まで３００ｍ。奥さんを車椅子に乗せて何度か病院まで付き添ってあげたが、翌年認知症を発症し、夫婦で老人ホームに入所することになった。

次の入居者もすぐに決まった。

美容室（２０００）

マンションのお隣の美容室。

美容やおしゃれに全く興味のない私にとってもお隣に美容室があるのはうれしい限りだ。

子供たちを保育園に送った後久しぶりに髪を切りに入った。

シャンプーをして髪を乾かしてもらっていると、場違いな男が一人店に入ってきた。

５分刈りの白髪に土色の顔。

襟首のほつれたトレーナーに汚れたジャージのズボン。

「まだおるんか！　はよ出てかんかい、お前が居るから売れへんのんじゃ！」

何を言われても無視を決め込みブラシで髪を梳かす美容師さん。

そういえば数日前不動産屋のチラシにこの店の広告が出ていた。

仕事用の倉庫にもってこいの立地と間取りだった。マンション3室のローンが無ければすぐにでも飛びつく店舗付き住宅だ。

「誰？」ブツブツ言いながら店を出ていった男を目で追った
「ここ売るからすぐ出ていけ言われてて・・・」

「ここ、賃貸やったたん？」

「ちがうけど・・・」

「道子死んだんや」

「この家道子のやったから」

今ではジェンダーの権利も保証されつつあるが、女性二人の夫婦間には相続の権利は無い。

20年以上所有者の女性は家事を担当し、この美容師の収入で生活していた。家を増築し、改装したのもこの美容師だ。

乳がんで何度も入退院を繰り返していたが、亡くなったのは知らなかった。

「道子が死ぬ前に家も店もくれるって言うてたんやけど、遺言状もないし、不動産屋が来て、うちには権利がないから出て行かなあかんて・・・」

「弁護士さんに相談した？」

「相談はしたけど、立ち退き料もろても店の借金の返済にも足らへん」

ドライヤーを置いて肩をもんでくれていたが、上の空なのだろう、同じところをずっと揉んでいる。

「あと3年生きててくれたら借金も全部返して年金ももらえたのに、この歳じゃ就職もできへんし・・・」

空き家のポストからはみ出した不動産屋の広告を探し出しじっくり詳細を確かめた。

チラシの不動産屋に電話をかけ
「これ高すぎへん？　路線価60万、築35年、半額でもええくらいや」

美容室で聞いた話はしなかったが、その日の夕方不動産屋が訪ねてきた。

「いくらやったら買ってもらえます？」

高いと言っただけで買うとは一言も言っていない。

マンションの3室を全部売れば買えないことは無いが、できれば2~3年後が目標だった。

「空き家になって中を見てから考えるわ」

最終的に3000万なら考えてもいいと言ってみたが返事は無かった。

1か月後3980万でチラシが入った。1000万の値下げ。

閑散とした美容室。冷房は入っているが人の気配はない。

「吉野さーん!」

憔悴しきった様子で奥から出てきた美容師は
「カットですか?」と椅子に促した。

「あ、頭ちがって・・・」

「もしも・・・やけど、家賃10万やったらあと3年ここで頑張れる?」

ムッとした表情で「あの人らが貸してくれるわけないやん!」

「今月分として家賃20万取られたんや」

「私が買って3年間貸してあげようか?」

3年後なら家賃が無くてもローンが返せる。

「ほんまに？　ええの？　そんなこと・・・信じられへん・・・」

エプロンで涙を拭きながら何度もお礼を言われたが、私にとっても都合の良い話なので少し気まずかった。

その日の夕方不動産屋が持ってきたのは亡くなった所有者の兄弟８人の同意書だった。

３０００万にはならなかったが、居付きを理由にしっかり値切った。

８人もいたんじゃ、１人当たりいくらにもならないのに3年くらい待つ余裕もなかったのだろうか。

幸運の女神はいつも無口だ。

立ち退き（2002）

「うち、昨日来たよ」

「うちも昨日来たけど居留守つこた」

「旦那が補償金いくらくれるんやって聞いたもんやから3回来たわ」

井戸端会議はにわかに活気づいた。

一通り回り終えたのか、国交省のお役人たちは暫く見かけない。

2か月ほどしてからだろうか今回は責任者らしきお役人
「話の分かる人は貴女しかいないようなので・・・」

知ったこっちゃない・・・

「立ち退きの手伝いをせえって?? 冗談やないわ。一番後から引っ越してきたのに説得できる訳ないやん。そもそも工事そのものに大反対なんやけど?」

渋滞が顕在化している国道の拡幅工事の為の土地収用。

何kmか先はかなり工事が進んでるようだが、この近辺で立ち退きに応じたという話はまだ聞かない。

1回目の交渉

「工事そのものに反対とおっしゃる理由はなんですか？」

「地図を広げてみて」

「国道右折できんくなるから、この一帯に住む人たちが市内に車で向かう道はここ1本だけになるんよ？　しかもすれ違えない通学路やし」

指さした場所は歩行者用の点滅信号が着いている三叉路。

マンション住民だけでなく、５００所帯以上ある町内会や国道沿いの商店はほとんど諦めてはいたが賛成する者はいなかった。

「それにね、国道が一方通行になったらめっちゃ遠回りせんとあかんやん。うちの職人さん10分は早く家出んとあかんて言うてますけど？」

農地が宅地となり、建売住宅や賃貸マンションが次々に立ち始めた一角
これからも人口が増え続けるであろう地域だ。

2回目の交渉

「右折の件ですが、次の信号のところにロータリーを作ってUターンできるよう検討しています」

へぇ、意外と真摯なのね。ちゃんと対策を考えてくれたことに少し驚いた。

「個別の交渉は無理だと判断したのでお願いしています。何とかみなさんをまとめてもらえませんか？」

「まとめるって、どうやって？　顔も知らん人がほとんどやのに」

「とりあえず、説明会を開けるよう場所と日時を決めてもらえないでしょうか？」

それくらいなら・・・

無料で数十名が入れる会場を探さないといけない。

町内の集会場を只で貸してもらうようお願いしたらすぐにOKが出た。

一人で複数の部屋を所有している人が何人かいたため頭数は思ったより少ない。

会場は確保したが、お知らせを作って配るのは「勝手にどうぞ」と投げた。

第一回集会

喧嘩腰の男性が数人、満足がいく補償金を貰えたら出ていくという割り切り型が数人、不安と絶望に呆然とする人約半数。

行方不明者や遠方に居住する所有者以外はほとんど参加している。

取りあえず話を聞いてみよう。と言うのが今回のテーマ。

地方整備局の役人が道路を広げないといけない理由を長々と説明した。

自分たちには何のメリットもない。苛立ちは隠せない。

「そんなことどうでもええんや！　このマンションがどうなるんか聞きに来たんや！」

一人が言い出すと当然のようにみんな騒ぎ出し、集会場は騒然とした。

「静かにせんかい。最後まで聞いたれや」

中川さんの低くドスの利いた一声に会場は一瞬で静まり返った。

「一億もろたって動かん」と完全拒否を言いきる中川さんは別格の存在といえる。

「今日は時間も遅いので次回補償の説明をさせていただきます」

集会の後、近所の不動産屋に売却の相談に行った人が何人か居たようだ。

数か月の内に賃借人など6軒が引っ越した。

不動産屋自身も立ち退きを言われていたが、戸建ての賃貸であった為結構な移転費用を提示されたようだ。

「なんぼで売れるって?」

「500万でも売れるかどうかわからんって言われた。ローン2000万残ってるのに」

バブル最盛期は3000万～4000万で売り出されていたそうだ。

500万でも売れないマンションに一体いくら補償すると言うのだろうか。

3回目の交渉

「先日はありがとうございました」

予想以上の参加者に驚いたようだ。

夜や休日にも訪問しているが会えた人は半数弱、初めて見る顔がほとんどだったそうだ。

「次回補償の大まかな提示をしようと思うのですが、個々の専有部分と共有部分の割合など、理解して頂けない部分が出てくると思うので」

確かにそうだ。

バブル崩壊直前、職場の近所の不動産会社から宅建の資格を取ったら今の二倍の給料を出すと言われ、必死に勉強したことがある。民法以外は全て未知の分野だった。

バブルがはじけて話は消滅したが、得た知識は一生ものだ。

女神が得意げにうなずいた。

「必要なのは現在の境界から３ｍってこと？　全員引っ越して、更地にして３ｍだけ買い取って、あとは？」

「残地は自分たちで売却して皆さんで分けていただく事になります」

３ｍ分の土地代と解体費用、登記費用や仲介手数料が全体への補償で、個々には転居費用と現在と同等の建物を購入するための費用ということらしい。

同等の建物とは２ＬＤＫ築26年のマンションの購入価格から土地代を引いた金額ということだろうか
補償額さえ多ければ割に簡単かもしれない。

いや、ちょっと待て！

「幾つか問題があるんで、次の集会では解決策を提示してください」

住宅ローンの残債を全決済しないと新たに購入は出来ない
高齢者や低所得者も同じくローンは組めないので売却した現金で買うしかない
賃貸で新たに借りるにも保証人は居ないのではないか。
全て完結してからでないと補償金が支払われないなら引っ越しは不可能だ
「因みに、同等の建物ってどうやって計算するんですか？」
「新築するための費用から経年分を減価償却した残存価格になります」
具体的な金額提示については現在見積もり中らしい。

4回目の交渉

「ご提案のあった件について検討しましたが、やはり個別の交渉は不可能に近いです」

「最初からそう言ってるやん」

「全員を代表して建て替えの交渉に応じていただくわけにはいきませんか？」

「無理です」

「そうですか・・・」

「・・・・」

何かを言いかけたが、何を言っても「無理です」の返事しか返ってこないと察したようだ。

「無理です」とは言ったものの、半分は困らせて補償額を吊り上げようという魂胆だ。

取りあえずは最難関クエスト、中川さんを攻略しなくてはいけない。

最難関クエスト

兎に角軍資金が必要だ

管理費を集金していたのはこのマンションを建てた建設会社だった。

売れ残った数室を賃貸して、少ない管理費をやりくりしていた。

「管理組合を作ろうと思うけど、会計やってもらえますか？」

「僕でよければ」

その夜密かに二人だけの資金繰り作戦会議が行われた。

滞納金総額１０００万以上

軍資金には十分だ。

そして、その約半分は中川さんの所有する5室分の管理費だ。

「そもそも、お金があるのに払わない理由は？」

「購入して直後、屋上に倉庫を建てさせろ、建てさせるまで払わん言うてきて、それ以後ずっと払ってもらえてません」

「他の人は？」

「中川さんが払わんのやったらうちも払わんって言う人がだんだん増えてきて」

「ほんまに払えん人や、行方不明も何人か居ます」

無茶ぶりは想像できたが、なぜかお茶目で可愛い人物像が浮かんだ。

中川さんについては子供のいる家族を全員追い出したという呆れたエピソード以外にもいろいろ噂はある。

1階に暴力団組員が住んでいて、ある日その玄関から数十人の黒服を着た男たちが道路の両脇にずらっと並んでいた。

みんな怖くて部屋に閉じこもっていたが、中川さんが出てきて怒鳴って追い返した。

実は大変な恐妻家で、ひとめ惚れした奥さんに猛アタックした末結婚した。

「それだ！」

翌日から、窓際に陣取り中川さんの出かけるタイミングを観察した。

会社社長と聞いていたがどうやら息子夫婦に会社は任せてほとんど家にいるようだ。

3日目、自転車で出かける中川さんを目撃、早速お宅に突撃。

「国交省と喧嘩するのに軍資金が必要なんです。滞納している管理費払ってもらえませんか？」

「主人出かけて留守ですよ」

「知ってます」

「ご主人を説得できるのは奥さんだけでしょ？」

「1億はどう転んでも出ません。最大限の補償をもらう為には中川さんの力が必要なんです」

奥さんがくるっと後ろを向いて部屋の中に入っていった。

失敗か・・・そんなに簡単にいくわけがない・・・

ところが、待つ間もなく奥さんがバッグを持って戻ってきた。

中からお札の束を5つ出して「今これだけしかないけど」

なんという気風の良さ！　中川さんが惚れたのにはそれなりの理由があったようだ。

「ありがとうございます！」元気よく頭を下げて玄関を出た。

攻略成功

翌日、領収書を持った会計さんと一緒に再度お邪魔した。

「わしはここがええんや、他には行かん」

「じゃぁみんなで他には行かんって言いいましょう」

管理組合を作るので理事長になってくれないかと頼んだ。

「親分肌の中川さんが居ればみんな心強いし、他に理事長出来る人は居ません！」

「わしは何もせん。あんたが理事長になればいい」

断られるのはわかっていた。

「じゃぁ、副理事長で。面倒な事は全部私がやるんで居てくれるだけでいいです」

中川さんが滞納を全額払ったことで、何人かが滞納分を完納した。

完納できない人に関しては個別の補償金から差し引く事で了解を得た。

戦闘開始

「何もせんぞ」と言っていた副理事長は次々に情報を集めてきた。

第二回集会

前回同様ほぼ全員が参加している。

国交省の説明の前に管理組合法人設立の総会を開催した。

意見も反対もなく議案は全て全員一致で即決した。

国交省担当官が簡単に挨拶をして建て替えの説明を始めた。

「ここから動きたくないとおっしゃる方が大半のようなので、マンション建て替えの説明をさせて頂きます」

「仮の住まいを借りるための費用や往復の引っ越し費用、契約の為の不動産屋の手数料などの費用も全てこちらで負担します」

「金額は相場と家族数で決まるので、実家に住まれてもホテルで過ごされても金額は同じです」

「建て替えの工事は全て管理組合でお願いします」

「解体が終わった時点でこの部分を買い取ります」

マンション周辺の見取り図を貼り出した。

「土地の登記が終わったら補償金をお支払いします」

「質問はないですか？」

誰も質問しない。

「仮住まいが借りられない人はどうするんですか？

建築費用はいくら出るんですか？

居所がわからない人はどうするんですか？」

思いつくままいくつか質問するとみんな我に返ったようにいろいろ質問しだした。

「次回質問に対する回答をお願いします」

「最期に一番重要なことを質問します」

「このマンションが建って26年、この間に建築基準法や消防法が大幅に変わりました。

特に阪神淡路大震災の後は耐震のため大幅に変更されたのではないかと思います。
今の敷地に『同程度』のマンションを建てることが可能かどうかお返事お願いします」
沈黙の後
「調査の上お返事させていただきます」

5回目の交渉

「建築関係のお仕事されてたんですか?」

「専業主婦やったらあかんの?」

「おっしゃる通りここに同等の物を建てるのは不可能でした。用途地域の変更を検討中です」

「用途地域の変更がそんな簡単にできるとは思いませんけど?」

「まあ、そうですけど・・・」

「この建物を切り取って補修するという方法もありますが」

「あのさ、切り取られる人がOKすると思う?　地下の受水槽は?　エレベーターは?」

全て切り取る部分にかかっている。

「少しお時間ください」

その後数週間音沙汰の無い日が続いた。

隣地が更地に（2003）

そもそも、ここを買うことに決めた理由はお隣に大好きなラーメン屋さんがあったこと。

カラオケスナック、小料理屋や中華料理屋も徒歩1分以内にあった。

ある日それらがあった一角が更地になった。

お店の店主さんたちからは移転先と常連さんが来なくなる不安を聞かされた。

それと同時に思ったよりたくさんの補償金を貰えたと教えてくれた。

いわゆる営業補償という部分だ。

6回目の交渉

「われわれは当初より最後まで残るのはこのマンションだと思っていました。収容には10年はかかるだろうと予測していました」

「ここが最後になったら強制執行とかあるんですか？」

「当然そうなります。昔のようにお金で解決するということはありません。みなさんの税金ですから」

——税金で言い争ったら日が暮れそうなのでやめておこう——

10年も経ったらこのマンションはただの廃墟になっているに違いない。

「土地の安い別の場所に移転するというのは無理なんでしょうかね」

「そちらで土地を探して中川さんと1階の店舗の方を説得してみてはどうですか？」

「私がここを離れたくないのは隣のラーメンを毎日食べたいからだけなんで」

更地になった隣地に老人ホーム建設予定地の看板が立った

偶然購入された方と出会い話が聞けた。

「嫁さんが介護士で、介護施設を経営するのが夢だったんですよ」

本人はデベロッパーで近隣の収容で売却を余儀なくされた土地を安く買いたたいていた。

「建て替えできそうな土地があったら教えてください」

1か月ほどして突然中川さんが訪ねてきた。

いつもは電話で呼び出される。訪ねてきたのは初めてだ。

「そこの土地な、そこやったら引っ越してもええわ」

「もう売れてますよ？　それに、ここよりずいぶん広いし角地やから高いと思うけど」

「買うた人が売り急いどるらしいんや」

すぐに本人に電話で問い合わせた。

「市の認可が下りなくて、別の場所を買うことにしたんです」

「現在のうちのマンションの土地を売った金額では買えないですよね？」

「すぐにお支払いいただけるなら是非お願いしたいです」

「本当にいいんですか？　差額かなりあると思いますけど」

とは言ったものの、２億もどうやって？

とりあえず副理事長の中川さんといっしょに銀行へ
「担保提供をお願いします。国交省への確認はこちらで進めます」

土地と二人の持ち分を担保提供して数日で決済が下りた。

まさかの進展・・・こんな偶然が、こんな幸運が。

幸運の女神は「運も実力の内ですよ」とささやいた。

実力関係ないでしょ・・・これは。

第一回管理組合法人集会

「隣地に新しいマンションを建て、そちらに全員引っ越します」

いろいろ質問は出たが反対する者はいなかった。

しかし新たな問題が出てきた。

「新しくなったら管理費高くなるんちがう?」
考えてなかった。確かに新しい法律の下、1万5000円は必要だろう。
現在5000円の管理費が払えず滞納している人がかなりいる。
「払えん人はさっさと売って出て行ったらええやんか」
確かにそうだ。実際新築で売れば小さな古家くらいは現金で買える。
しかしそれは強制できる事ではない。
どうやって管理費を安くするか
毎日パソコンにしがみつき管理費の削減を模索した。
水道を直圧にすれば貯水槽の清掃や揚水ポンプの電気代は要らない。
廊下は汚れの目立たない色にして掃除を簡略化する。
大規模改修工事の工事費削減のため、鉄など錆びるものは一切使わない。
しかし、それ以上は思いつかない。
プロに頼んだほうが良さそうだ。

設計士を探す

相も変わらずインターネットで設計士探し。
ふと見つけたのはテレビで設計相談をしているコメンテーターの設計士。
「外断熱」
初めて聞く言葉だ。
冷暖房費の大幅削減。
光熱費が減ればその分管理費が増えても賄えるのではないか。
しかし、それに対する他の設計士の意見は否定的だ。
それもそのはず、建築費が大幅に増える上に、デザインが単調で幅が無い。
設計士泣かせだ。
本屋に行き外断熱を分かり易く説明した本を買った。
これしかない。これなら全員管理費を払える。
メールで問い合わせ、見積もりを頼んだ。
中川さんの奮闘のお陰か、神戸や滋賀県からもデベロッパーや設計士のテレアポが入った。

偏見かもしれないが、テレアポの営業は悪徳業者が多いというのが私の認識だ。

どこでどんな出会いがあるかもしれないので、一応全員アポを承諾した。

しかし、頭の中には「外断熱」しかなかった。

「外断熱」に関しては他の設計士は全員やめた方がいいと言う。

「聞いたことはあるが・・・」

「何ですか？　それは」

そしてただ一人。

「勉強しますので外断熱やらせてもらえませんか？」

実績にも問題が無い。他の設計士と違い腰が低いのも好印象。

副理事長の了解も得て設計をお願いした。

分譲マンションを建てる場合は「高級感」や「装飾」など高く売る為の見た目が必要だ。

賃貸マンションの場合は戸数を多くしてより多くの収益を得るのが基本だ。

しかし、所有者が自ら建てるマンションだ。売る必要も貸す必要もない。

頑丈で、劣化せず、汚れが目立たず、維持費が安価で住み心地が良ければよい。

悪魔の虚勢

ある日突然建設予定地に右翼の街宣車。

「なかはら〜〜！　けいこは〜〜！」

マイク最大ボリュームで怒鳴り続けているが、何を言っているのかさっぱり聞き取れない。

街宣車よりも近所からのクレームの方が怖かった。

「ご近所に迷惑なので」と警察に電話をかけた。

「道路なら止めさせられるんですが・・・」

その後もアノテコノテで嫌がらせをしてくるが、「金をよこせ」の一点張りだ。

所有者の一人、賃貸していて本人はどこにいるかわからない。

サラ金で借りたお金を代理返済し、信託権を持つ人物が刑務所から出てきたのだ。

インターネットで名前を検索すると、詐欺、恐喝等の前科多数。殺人や傷害の前科はない。

脅迫めいた電話も何度もかかってきたが、「口だけ」の犯罪歴を知り恐怖感はなかった。

「一発でも殴ってくれたらすぐ逮捕できるんですがねぇ」

現在の生活安全課。昔の四課、暴対とも呼ばれた部署の刑事さんとも親しくなってしまった。

「なかはらけいこ〜！　すぐでてこんかい！」

いつもと様子が違う。

無視していると電話がかかってきた。

「すまんが、ちょっと出てきてくれるか」

殺されることは無いだろう、むしろ殴ってくれたら刑務所に逆戻りだ。

「30分経って連絡が無かったら警察に電話して」

友人に頼んで外に出た。

パパに頼んだら仕事をほっぽり出して飛んで帰ってきてしまう。

向かいの駐車場に止まっていたのはいつもの街宣車ではなかった。

真っ黒の大きな車は運転席の窓も中が見えない。

「乗れや」

車の中に運転手以外に2人

心臓はバクバク、手にはじっとり汗。

弱みを見せてはいけない。シートにそっくり返って腕を組んだ。

沈黙のまま数分車を走らせるとパーキングに入った。

ドアが開いたので外に出るとそこは以前住んでいたマンションの近くだった。

「入って」

促されるまま入った店は寿司屋だった。

ははぁ、脅してだめなら餌ってか？

座敷に通されて座ると別の車に乗っていた男性1人と女性1人が入ってきた。

いろいろ勧められるが、「昼を食べたとこやしいらん」と断ると勝手に次々注文した。

「俺は、ちょっと前に刑務所から出てきたばっかりや、なめとったらえらい目に合うで」

「○○組の若頭とも知り合いや」

力のない人ほど親戚や知り合いを盾にする。

「よおけ出せとは言うとらん。1千万でええんや」

「国から何億ももろとるんやろ」

「国からお金が出るのは何年も先や」

「私のお金やないし、総会に出て全員に30万ずつ下さいって頼めばええやん」

「そんなこと言わんと・・・」

女神が悪魔のしっぽを掴んで微笑んだ。

「わしらの世界は体面が大事なんや」

「振り上げた手を何も無しではおろせんのや」

体面？　意味がわからない。

役員の中に入るとか、仕事を請け負うとかだろうか・・・

「お金じゃなくて、体面だけでええなら何とかするわ」

「その代わり、今後一切邪魔せんといて」

「せえへん、せえへん、めいっぱい協力させてもらう！」

「さすがやな、女にしとくのもったいないわ」

後から入ってきた女性が
「それどういう意味や」

「いや、そうやなくて、ほめただけやんか」

まさか奥さん？？

「この人らとは関係ないし、話聞いて会ってみたくてついてきたんや」

「私のおごりやったら食べてもええやろ？」

そう言って差し出したのは不動産会社社長の名刺だった。

「ほんまにお腹一杯なんで、ジュースならごちそうになります」

トイレに行くふりをして友人に「無事です」とメールした。

市内ツアー

「中原さん時間あるか？」

中川さんから市内観光のお誘いだ。

私が運転すると言ったら
「キョロキョロしたら事故するからタクシーやないとあかん」

タクシーはすぐに捕まった。

経路を指示すると後はずっと二人ともキョロキョロ

「あの色ええなぁ」

「煉瓦とかタイルの方が外壁塗装せんでええんちがう?」

「ベランダは中が見えすぎるのは安っぽいな」

「打ちっぱなしは古なったら汚れ目立つんやなぁ」

「玄関に木の植わっとるマンションがええなぁ」

「あれは?　あれは?」

「あれかっこええなぁ」

設計士に注文を付けるための探索だ
帰りのタクシーの中ではほとんどしゃべりっぱなしの中川さんだった。

「わしな、3億の脱税で捕まって、刑務所に入るか金払うかどっちや言われて、持ってたゴルフ場や会社全部売ってしもて、一文無しになってしもたんや」

「鹿に餌やっとる京子に一目ぼれして毎日奈良まで行ったんや。京子の為やったらなんでもするつもりや。きれいな家に住ましてやりたいんや」

「孫に会社継がそうおもてな、ちっちゃい時から帝王学教えとるんや」

何とも豪快なお方だ。

弁護士

行方不明者の捜索やゼネコンとの取引に弁護士は必須だろう。

ＮＰＯ法人マンション管理対策協議会、略称マン対協
インターネットで検索し、「相談無料」だったここで紹介してもらうことにした。

「立ち退きで・・・」

全部話し終わる前に、快く紹介状を書いてくれた。

寧ろお金になりそうにないと追い出されたのかもしれない。

その足で紹介された弁護士事務所に向かった。

「顧問料は月４万５０００円でいいですか？」

マン対協から電話があったようで、依頼内容を話す前に契約金が提示された。

「期間は移転が完了するまで、裁判などが必要な場合は実費となります」

「形式だけですが顧問契約には理事会の承諾が必要なので」

「管理組合を設立されたんですか？」

「はい、融資を受けるために法人を」

「貴女が？」

「はい、何か問題でも・・・」

「弁護士必要ないんじゃないですか？」

「暴力団や、オウム真理教、行方不明や認知症の方も居られるので」

「何かあった時に手に負えへんですやん」

「ああ、そうなんですね」

何が可笑しかったのか弁護士は楽しそうに笑った。

「それじゃ、早々に仕事に取り掛かりましょう」

「設計が完了したらすぐに建設会社の選定をするので、入札参加予定の会社のリストを下さい。非居住の所有者の連絡先はこちらで調べます」

安く建てる

東京で「外断熱」を学んだ設計士が帰ってきた。

完成予想図を広げ
「どうですか？　従来の方法だと箱型しか作れなかったんですが、大半を乾式外断熱、一部を湿式外断熱にすることによってデザイン的にも、空間をより有効に使えるようになりました」

「水道は直圧で加圧ポンプを使います。７階まで水圧が落ちることはありません」

「外構は出来るだけお金を掛けずに、資金に余裕が出来たら追加しましょう」

「外壁は煉瓦タイルですが、脱着できるレール式なので修繕費はあまりかかりません」

この設計士を選んだのは正解だった。全てにおいて維持費がかからないように考え設計してくれている。デザインは予想外の美しさだった。

建設会社入札（2004）

マンションを建て替えるという噂は既に広がっていた。

「入札業者は新聞広告で募集したらえええんちゃう?」

「俺、○○建設の社長知っとる」

建材屋の社員、不動産屋、設計士等の口コミで問い合わせも数件あった。

中川さんと見て回った「カッコイイ」マンションを建てた建築会社にも案内した。

「大手は入れません。地元の中小ゼネコンで評判のいいところに頼みます」

「ゼネコンは大きくなるほど建築費は高くなります。国が使うのは最大手ゼネコンの見積もりなので、減価償却分を引いても地元の建築会社なら建てることができます」

国交省の担当官からの入れ知恵だ
インターネットで業績や評判等を調べて数社に絞る。

紹介者の居ない会社には直接出向いた。

相手は建設会社社長。如何にも主婦のおばさん一人じゃ甘く見られる。

こんな時こそ、「こわいおじさん」の出番だ。

落札は出来なかったがその後もいろいろお世話になったK社は社長も奥さんもとても感じの良い気さくな方だった。

弁護士さんに決定した数社を連絡した。

数日後、入札説明会が開催された。

設計士から設計の概要特に「外断熱」についての説明があり、弁護士からは入札時の説明があった。

「外断熱の部材については取り扱い業者をご紹介します」

日本では生産されておらず、輸入しているのは1社のみだ。

これなら談合はないだろう。見積もりの開封も弁護士事務所で行われる。

説明会の後、弁護士から封筒を渡された。

「こちらの委任状に全員の実印と印鑑証明をお願いします。非居住の方の分はこちらで内容証明を送ります」

もっと安く

入札の開封が行われた。管理組合から3人、弁護士、設計事務所から2人。

見積もりの内容については設計事務所に任せるとして、各社の総額の確認をした。

上は7億4千万、下は5億2千万のK社、次点の5億2千200万。

落札予定2社の差額200万については設計士の意見を聞くことにした。

警備員1人の違いでもそのくらいは調整可能な範囲だろう。

しかし、国の提示してきた金額は4億5千万。

どうやって7000万を捻出するか。

建築に関して素人なのは皆同じだ。

「総額で赤字にならなければええんやから、建築費がめいっぱいなら他で削ればええやん」

井戸端会議は文殊の知恵、主婦の金銭感覚を侮ってはいけない。

「例えば？」

「引っ越し代出るんやろ？　業者に全員いっぺんに引っ越すからって値切れば？」

「大型ゴミとか、ほかすもんも1か所に集めて取りに来てもらうとか」

「小泉さんとこの荷詰めうちが手伝うわ、引っ越しは運ぶのだけ頼んだ方が安いし」

みんな楽しそうだ。手助けが必要な人のことまで考えてくれる。

見積もりを取ってみないとわからないが、５００万くらいは浮きそうだ。

第二回管理組合集会

「皆さんの大切な資産をお預かりすることになるので、弁護士さんと顧問契約を結びます」

委任状の用紙を配り、「今月末までに私に直接手渡ししてください。夜間でも電気がついていれば大丈夫です」

設計士から建設予定図が表示された。

「後ろの方の方は、集会後ゆっくり見てください」

「エレベーター横に貼っておきますので奥さんにも見てもらってください」

みんなの表情が不安から安堵に変わった。

２名を除いて数日後には委任状が集まった。

可愛いおばあちゃん

「中原さん、孫がな夜中に玄関から入ってきて首絞めたんや。朝起きたらハンコと通帳がなくなっとるんや」

「無事でよかったねぇ。娘さんに電話しとくし、ハンコ一緒に探してもらおうな」

以前から財布や通帳を「盗まれた」と何度も110番していることは聞いていた。

私を話の分かる優しい人と認識したのだろう。毎日電話がかかってくる。

「カギ閉めて出たのに帰ったら開いとって部屋の中がぐちゃぐちゃになっとるんや」

「娘が私の通帳隠したんや。無くしたらあかんからタンスにちゃんと入れたのに」

一度かかってくると納得いくまで切らない。

「安井さん、あんな、私の電話『携帯電話』ゆうて、電話料めっちゃ高いねん」

いきなりプツンと切れて以後かかってこなくなった。

何度か玄関まで尋ねてきたが、中には入らず帰っていった。

何も言わなかったが、来るまでの間に言いたかったことを忘れてしまった様子だった。

娘さんが委任状と印鑑証明を届けてくれた。

「母が迷惑かけてすみません。老人ホームの手続きしてるんですけど、空きが無くて」

「迷惑なんてとんでもない。悪い人に騙されんよう気を付けてあげんとあかんね」

頑固なおじいちゃん

「うちの人、なんぼ説明しても騙されとるんやの一点張りで・・・」

「遅れたら皆さんに迷惑かけるし、直接話してもらえへんやろか・・・」

奥さんの言うことも聞かないのに私が行っても・・・

「石野さん、お引越しいやですか？」

「あんた、国からなんぼもろとるんや！」

「国はケチやからみんながきれいなマンションに引っ越してからやないと何もくれへんのやわ」

「そんなんウソに決まっとる！　みんな騙されとるんや！」

「私も騙されとるんやろか・・・こんなマンションに引っ越せるって、子供たちも大喜びしとるのに」

完成予想図を見せて

「この辺が石野さんの部屋になるんやわ。今と同じ1階やし、バリアフリーゆうて、車いすでも出入りできるねん」

じっと見つめているが、まだ何か言いたげだ。

「石野さん。騙された思っててええし、私のことだけ信じてくれへんかなぁ。絶対悪いようにはせん」

「あれ持ってこい」

奥さんが委任状とハンコを持ってくるとしっかりとした字でサインし印鑑を押してくれた。

建設会社決定―さらに値切る

発注する建設会社が決まった。さて、どこまで値切れるか・・・

中川さんと会社に乗り込んだ。

見上げるばかりの吹き抜け。明るいオフィス。

スタイル抜群の女性がお茶を運んできた。

社長が現れるのを待つ間広いロビーを見まわし
お金ありそう・・・値切っても大丈夫！と勝手に納得する。

子分、いや、社員を2人後ろに従えて社長が登場した。

白髪の長身で目つきが鋭い。

ビビるな！と自分に喝を入れる
「実は7000万足りません」

「値引きですか、なんぼ何でも7000万は無茶でしょ」

「わかってます」

「ですから広告のお勧めに上がりました」

「立地、見晴らし、現在の渋滞状況。広告効果抜群です」

「足場を組んだら壁面に『外断熱』と社名を大きく入れてください。市内第1号の外断熱マンションです。温暖化やCO_2削減で今後注目されるのは間違いありません」

「広告料2000万で1年間広告できます。1か月167万、お安くないですか？」

大きな声で笑って「あんたうちの営業社員にならんか？」

そう言って総額4000万の減額に応じてくれた。

「それと、もうひとつお願いがあるんですけど」

「まだあるんですか？」第一印象とは大違い、ニコニコ優しいおじさんだ。

「うちの敷地に陣取っていた右翼の街宣車ご存知ですよね」

「社員に聞いています」

「仕事をくれたら今後一切邪魔はしないと言ってるので、警備でも産廃でも何でもいいので使ってやってくれませんか？　お安くしとくって言ってます」

「警備は無理ですが、産廃ならいいですよ」

よし！　うまくいった。あと3000万だ。

設計士と細かな仕様の変更、外構の簡素化、などでさらに1000万削減。

あと2000万・・・

美容室が空き家になったので、現場事務所として光熱費込みで無料提供することで100万
ここまでか・・・・

補償金をもっと

建築基準法を変えた女神

アスベスト

「アスベスト使用建物解体の規制」

ニュースを見てすぐに国交省の津田さんに電話した。

「津田さん、このマンションアスベストが使われてる可能性あるんですけど、調査費用とアスベストが検出された場合解体費用の増額してもらえますよね？」

「承知しました。結果が出たら報告書の提出お願いします」

建物の解体は来年になるが、会計さんがこのマンションを建てた建築会社の社員だ。

「使ってないと思いますよ」

「そうなの？」・・・当てが外れた。

後日調査の結果、建物には使われていなかったが、地下の貯水槽とポンプ室に使われていた。

少ないが国の計算の基準はいつも高めで有難い。

姉歯事件

建築は順調に進んでいた。

かつては沼地であり、活断層の真上となっている建設用地はこれでもかというくらい深く掘り、土壌凝固剤を流し込んでもらった。

阪神淡路大震災の恐怖も冷めやらぬ私の不安に現場監督は
「いくつもマンション建ててきましたけど、こんな杭は初めてですよ。震度8でも大丈夫」

自信満々に答えてくれていた。

ある日、立ち上げたパソコンのTOPページに「建築基準法改正」のニュースが出た。

「耐震、省エネ、景観」

何か補償金増額のネタは無いかと探すがどれも適合している。

足場がだんだん高くなりマンションの最上階からも見下ろすことができなくなった。

そんな折テレビのニュースは姉歯の「耐震強度構造計算偽造事件」。

ダメ元で言ってみるか・・・・

「津田さん！　構造計算しなおすので増額してもらえませんか？」

「そうですね、計算費用増額しておきます」

え？　まじで？　やったー！

実際は数値に変更はないのでパソコンのエンターボタン押すだけだろう。

女神様様、あなたは偉大だ！

お部屋作り

楽しいルーム設計

工事も終盤に入り、各部屋の最終設計確認がはじまった。

間取り、内装、設備機器全て希望通り設計された。

基本設計は補償額が一番少ない人にも家具を買うくらいの余剰がでるようになっている。

ガスの人、オール電化の人、シンプルにして賃貸する人。様々だ。

我が家は2室を結合して1室に。1室は大きなリビングとバルコニーでバーベキューをするための客用のトイレと食器や野菜が洗える大きな洗面台。

家事動線を極力抑え、風呂↓洗濯機↓6畳のウォーキングクローゼット↓ベランダと体育会系5人家族の大量の洗濯物をワゴンでササッと片付けられるようにした。

地震の教訓から、食器棚や収納は全て組み込みとした。

壁紙や床材、調理台全て思い通りに作り上げていくうちに戸建て住宅に引っ越したいと思っていたことなどすっかり忘れてしまっていた。

損して得取る

個別の設計相談をしていた設計士から電話が入る。

「すみません。すぐ来てもらえませんか？　手に負えなくて」

急いで現場事務所に降りた。

「松田さんは2階から3階に行ったのに何でうちは2階のままなんや、不公平や！」

土地の形が違うので各階の部屋数も変わる。

今までなかった管理人室や駐車場、駐輪場が1階にできたため、全体として上の階に移動する方が多い。

「2階じゃだめですか？」

「当たり前や、マンションは上行くほど高いんや。そんな事も知らんのか」

「佐々木さんは売ろうと思ってはるんですか？」

「そんな事関係ないやろ、3階にしてくれへんのやったら、この話全部なかったことにしてもらう！」

　やれやれ・・・最後の最後に

「うちの部屋と交換しよか？　それならええやろ？　３０４や」

「あんたがそう言うなら・・・」

　設計士に設計をデフォルトに戻してもらうよう頼んで事務所を出た。

　翌日また電話がかかってきた。

「中原さんすみません、今度は１０５の方が・・・」

　すぐに事務所に向かった。

「どうしました？」

「佐々木さん部屋変わってもろたんやろ、私も1階はいやや」

「地震や火事の時逃げるのには1階が1番いいんですけどねぇ」

「それに、この部屋両隣がなくて静かでいいんじゃないですか？」

　何を言っても聞く耳持たず。

「しょうがないですね、設計士さんすみませんけど昨日交換した２０６と交換してあげてください」

「中原さん、ええ人やなぁ、一生感謝するわ」

うるさい！　黙れ！　全くもう・・・怒りゲージマックスだがポーカーフェイス。

女神はこんな時も微笑んでいるのだろうか。

「中原さん、1階の部屋、実は最初の3階の部屋より少しですが広いんですよ」

設計士が後でこっそり教えてくれた。

基地局アンテナ

共有部分がほぼ完成し、足場が解体された。

1日中見ていても飽きない。

設計士から電話が入った。

「中原さん、ボーダフォンとドコモからアンテナ建てさせてくれ言うてきてますけど、どうします？」

少し前、高さ制限が変更され、新しいマンションは国道沿い唯一の7階建てとなった。

今後の建造物は5階までしか許可されない。

期せずして通信アンテナを建てる最適の場所となったわけだ。

女神の力か、国の力か・・・このマンションの建築を待って法改正したとしか思えない。

毎月開催している進捗状況を報告する集会でみんなの意見を聞いた。

「電磁波の影響あるんやろ、私心臓悪いから反対や」

電磁波に関しては他にも反対意見がいくつか出た。

「電磁波は横に飛ぶので真下には影響ありません」

なんだか眉唾な気もしたが、基地局の専門家の説明に全員が納得した。

「今後管理費以外に修繕積立金も必要になります。ボーダフォンに1人当たり1か月2000円の迷惑料を支払っていただくということでどうでしょう」

「ただし、一人ずつ振り込むと振込手数料がもったいないので全員の分を修繕積立金として管理組合で預かりたいと思います」

反対する者は一人もいなかった。

後に、税務署がアンテナの設置に伴う賃貸収入に対して管理組合に法人税を納めるように言ってきたが、2年間にわたる交渉の末、「該当しない」の回答を得た。

完成（2006・1月）

マンションが完成した。

各部屋を設計士が案内し、内覧会が行われた。

お正月、好天に恵まれ井戸端会議は既に桜が満開の様相だ。

「外断熱ってすごいね、玄関入ったとたん別世界やん」

「7階上がった？　めっちゃ景色ええよ。五山の送り火全部見えるんちがうかなぁ」

「普通にうちの窓から市内全部見えるし、花火も見えるんやない？」

「今のとこより天井高いよね」

「壁とか床触ったらあったかかったし、冬でも素足で居られるわ」

「びっくりしたんは窓ガラス！　二重の外のガラスは冷たいのに内側あったかいんよ」

外断熱は結露もしないのでカビがはえることもない。

引っ越し業者との交渉も1室一律4万円でやってもらえることになり、ゴミは現場事務所を提供してもらったお礼にと建設会社が無料で引き受けてくれた。

あっという間に全員の引っ越しが完了し、新生活が始まった。

1億貰っても動かんと言っていた中川さんだけは風水へのこだわりか、別の方角へ一度引っ越して、最後に引っ越してきた。

解体工事

最後の資金繰りが残っている。
旧マンション跡地の売却の広告を出した。
募集と同時に建てる方に入札してきていた建設会社が金額提示してきた。
みんなほぼ同じ金額だった。
前回落札を逃したK社にこちらの希望価格を提示してすぐに売却が決まった。
しかもこちらで予定していた解体工事もしてもらえることになり、さらに大幅予算増！
解体工事が始まり、今度は解体現場を上から見下ろし楽しんだ。
ある朝起きたら外が騒がしい。
解体現場のユンボが地中に埋まっている。地下は川のように水が流れていたのだ。

完成（2006・１月）

国道の工事をしていた作業員からも地面の下は川のようだと聞いていた。
こんな所に住んでいたのかと今さらながらに背筋が凍った。
跡地には老人専用マンションが建った。１階はデイケア。経営主体はＫ社。
またいつかお世話になるかもしれませんね。

あとがき

いろいろありましたが、幸運の女神はいつもそばにいました。

前を向いてともに進めば道は必ず開ける。

国土交通省からの感謝状やマスコミの取材等私個人に対する依頼は全てお断りしました。

私一人の力で成しえたことではありません。

マンション居住者、所有者の皆さんは勿論、無償で協力してくれた多くの友人やご近所の皆様に心から感謝致します。

立ち退きを言われてから20年。

当時の方は高齢のため何人かはお亡くなりになり、相続や売却で半数以上の所有者や入居者が入れ替わりました。

このマンションが外断熱であることさえ知らない方。

管理費が安いからというだけの理由で購入された方。

誰かが勝手に管理してくれていると「我関せず」を決め込む方。

いつかは他の分譲マンションと同じように管理会社に任せて高い管理費や積立金を払うようになるのかもしれません。

「100年は大丈夫」と言われたマンションですがいつか建て替えが必要になるでしょう。どんな時にもみんなの住む家を、見知らぬ家族全員の利益を守って頑張ってみてください。

必ず女神は微笑んでくれることでしょう。

全国の老朽化したマンションにお住まいの方、収容で立ち退きを余儀なくされておられる方、管理組合の理事さんなどに一筋の希望が見えますように。

都倉　みゆき（とくら みゆき）

購入して間もない中古マンションが突然の収容による立ち退き。

子育て真っ最中の専業主婦だった筆者は一念発起、期せずしてマンションの建て替えに挑むこととなりました。

築50年を超える分譲マンションが増加する中、建て替えや管理費・積立金の増額にお悩みの管理組合は多いと思います。

管理組合の理事の皆さんや所有者の皆さんに是非読んでいただきたいと拙い文章を綴ってみました。少しでも参考にしていただければ幸いです。

尚、筆者はマンション管理士やマンション管理業務主任者の資格も有しておりませんし、管理会社や不動産、建築に関連する職業にも就いたことがありません。

延べ20年に及ぶ管理組合理事長の経験のみが知識の拠り所です。

文中に未熟な知識に基づく記載がありましてもご容赦頂きたく、お願い申し上げます。

女神の棲む家　コーポラティブハウスの勧め

2023年5月21日　第1刷発行

著　者　都倉みゆき
発行人　大杉　剛
発行所　株式会社 風詠社
〒553-0001　大阪市福島区海老江5-2-2
大拓ビル5 - 7階
Tel 06（6136）8657　https://fueisha.com/
発売元　株式会社 星雲社
（共同出版社・流通責任出版社）
〒112-0005　東京都文京区水道1-3-30
Tel 03（3868）3275
装幀　2DAY
印刷・製本　シナノ印刷株式会社
©Miyuki Tokura 2023, Printed in Japan.
ISBN978-4-434-31986-0 C0093

乱丁・落丁本は風詠社宛にお送りください。お取り替えいたします。